눈:길

視而不見

DICA 詩集

눈:길 視而不見

발행   2024년 12월 20일

글·사진   조주현

펴낸이   원미경
펴낸곳   도서출판 산책

등록   1993년 5월 1일 춘천80호
주소   강원특별자치도 춘천시 우두강둑길 185
전화   (033)254_8912
이메일   book8912@naver.com

ⓒ 조주현 2024
ISBN 978-89-7864-158-6   정가 15,000원

조주현 DICA 詩集

눈:길

視而不見

조주현

작가노트

"사막이 아름다운 것은
어딘가에 우물을 감추고 있기 때문이야."

시인으로 살고 싶은 마음은 별로 없지만
시인의 눈길만큼은 간직하고 싶다.

칠순에 감히 이런 꿈을 꾼 나 자신이 대견스럽고
이게 뭔일이래 하며 응원해준 가족에게도 감사한다.
세상에 의미없이 존재하는 것은 없다.
드러나지 않는 그것들을 찾아 헤매는
발길
눈길
손길
그리고 아직 내 숨길이 남아 있어서 기쁘다.

2024년 12월
조주현

프롤로그

　세상은 수많은 사물과 현상으로 이루어집니다. 동시에 그만큼 다양한 의미와 정서가 널려있다는 뜻이기도 합니다. 다만 우리들이 제대로 바라보지 않았기 때문에, 무의미하게 그것들이 방치된 경우가 비일비재합니다. '心不在焉 視而不見 聽而不聞'이라는 말이 있습니다. 마음에 있지 아니하면 제대로 보고 들을 수 없다는 뜻입니다. 제대로 보기와 듣기는 디카시의 첫걸음입니다. 의미있는 발길과 눈길을 통해 현상과 대화하고, 주시와 응시를 거쳐 영상과 문자가 극적으로 결합하는 디카시를 포착과 시적 언술이 극적으로 결합하는 멀티 언어 예술이라고 부르는 까닭도 여기에 있다고 봅니다.

　전통적인 시 창작의 근본을 이루는 '정서적 등가물'이나 '객관적 상관물'이 디카시에서 만큼 잘 적용되는 곳도 드물지 않을까 싶습니다. 하지만 순간 포착을 통해 서정적 자아를 대상에 이입시켜 독자와 공감대를 이루기는 말처럼 쉽지 않았습니다. 더구나 시적 화자의 정서가 문자 앞에 영상으로 고스란히 표출되는 디카시의 속성상 소위 애매모호함과 난해함 뒤에 작가가 몸을 숨길 여지가 없기에 더욱 어려움을 느낍니다.

디카시가 뭐냐고 물어옵니다. 그만큼 일반인에겐 아직 생소한 장르입니다. 그 생소함을 딛고 영상과 문자를 결합하는 작업을 위해 '디카시-춘천' 창단 멤버로 함께 공부하며 활동을 시작한 지도 어언 몇 년이 지났습니다.

아직은 많이 부족하고 미흡함을 느낍니다. 일상에서 다듬어 놓은 심상의 성과물을 한 권의 책으로 묶어 놓고 보니 벌거벗은 채 길에 나선 듯 부끄러움이 앞섭니다. 여전히 눈길을 보낼 곳에 발길이 닿지 않았고 직관과 표현도 어리숙하기 짝이 없습니다. 느낌표를 찍으면서도 물음표를 받아든 심정입니다.

나의 눈길이 머문 곳에 당신의 발길도 함께였으면 좋겠습니다. 나의 생각이 고여있는 곳에서 당신과 공감하고 소통하기를 소망해봅니다.

2024 무더운 여름 〈안마산방〉에서
조주현

차례

1 부
視而不見 聽而不聞

2 부
詩中有畵 畵中有詩

3 부
色卽是空 空卽是色

4 부
길에서 길을 묻다

5 부
그물에 걸리지 않는 바람처럼

1부

視而不見 聽而不聞

　세상은 수많은 사물과 현상으로 이루어져 있다. 그만큼 다양한 의미와 정서는 도처에 널려있다. 다만 우리들이 제대로 바라보지 않았기 때문에, 그것들이 무의미하게 방치된 경우가 비일비재하다.

　마음에 있지 아니하면 제대로 보고 들을 수 없다.

가면

얼굴은 겉 모습이다
표정은 속 모습이다
얼굴과 표정이 종종 엇갈린다

세상은 거대한
가장무도회

가을걷이*

눅눅해진 이불
마당에 내다 걸었다

오늘 밤엔
가을 햇살을 덮고
뽀송하게 잠들 수 있겠다

* 울산시민신문, '좋은 디카시' 선정, 2023. 9. 13.

가을 소나타

오선지에 담긴
가을 하늘

음표 쉼표 없이도
천상에 흐르는 고운 선율
온 누리에 번진다

가을 타다

어디론가 훌쩍 떠나고 싶어지는
그런 계절
어찌 사람 마음만 그럴까

차에 먼저 올라
떠나자고 재촉하는 갈잎

가족사진

같은 뿌리 위

다른 가지
다른 줄기와 넝쿨
다른 잎사귀와 꽃
다른 열매

간격

1세기 가야국 유물 앞으로
어린 아이가 지나간다

둘 사이에 드리워진
2천 년의 먼 거리
돌아보면 이것도 눈 깜빡할 사이

격포항 연가*

저물녘 먼 길 떠나는
고래 일가족

어두우면 길을 잃을까
일렁이는 수평선 위로
등불 하나 밝힙니다

* 울산시민신문, '좋은 디카시' 선정, 2022. 7. 7.

결박

저 무수한 어느 한 가닥에
우리가 매달려 산다

지금 세상은
탯줄같은 전깃줄로 연명하는
자궁 속

결실

빛을 받아 자란다
볕을 얻어 익는다

봄 여름을 갈무리하는
가을 볕뉘
그 안에 풍성히 눕다

경계에 서서

무지개 빛 경계석 너머
환호성 지르며 달려와
포말로 부서지는 파도

태고 이래 반복되는
저 바다의 깊은 들숨과 날숨

고드름

모두가 애틋한 그리움
하늘 향해 키울 때
홀로 차디찬 비수되어
지상을 겨눈다

칼날 끝에 매달린 엄동^{嚴冬}

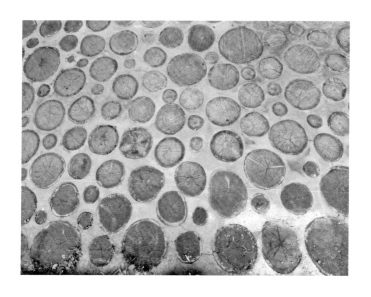

고백

그대와 함께 지낼 수만 있다면
내 몸을 토막 내서라도
그대의 무늬로 살겠습니다

훗날 넌 누구냐 물으면
누구의 담벼락이라 말하겠습니다

고비*

행여 오늘이라도 그대에게서
소식이 있을까 기다렸습니다
속이야 이미 검게 타 버렸지만
하냥 벽에 매달려 기다립니다
그리움도 습관이 되니 견딜만합니다

* 고비 : 편지 따위를 꽂아두는 민속 공예품.

고사

삼신할매 조왕신 터줏대감님
술 받으시고 절 받으시고
복 내리소서

돼지머리 싱긋 웃는다

고엽

명징한 가을 하늘로
처연히 번지는
월명사의 '제망매가^{祭亡妹歌}'

푸르던 신록이 조락^{凋落}하여
겹겹이 포개어진 계절의 껍데기

고창고성

비단 실은 낙타의 방울 소리
서역 상인들의 물건 흥정하는 소리
무너져 내린 지 오래다

실크로드를 향해 달리다
멈추어 선 기관차

공무도하가

구름도 바람도 물새도
간절한 내 손길도 뿌리치고
그대는 무심히 강을 건너갔습니다

다시 오마는 다짐은 못 받았지만
가뭇없이 기다리는 중입니다

공지어 孔之魚

떠나온 고향 아득히 멀다
날개 대신
돋아난 가녀린 지느러미
저 높이엔 어림없지만

날·고·싶·다

교실풍경

색깔이 같지 않아도 괜찮아
길이가 다르다고 염려하지마

다름과 차이가 있기에
네가 더 소중한거야
값진거야

귀소 ^{歸巢}

한번 떠난 새들은 돌아오지 않는다
버려진 기억은
잊혀진 기억보다 더 쓸쓸하다

빈 둥지 속에 고여있는
한 움큼의 성근 그리움

근본

나무의 시간은
죽어서도 이어진다

비록 다른 생을 살면서도
나무의 모습을
고스란히 품고 산다

금강산 가는 길

지도에도 없는 화천역에서
금강산 가는 차표를 끊었다
다음 도착역은 비목역

언제 올 지 모를 열차를 기다리고 있다
바람이 부는데 바람개비는 멈췄다

기린

얼마나 무서웠을까
질주하는 자동차 경적 소리
얼마나 갑갑했을까
밀림같은 고층 빌딩 사이

고향을 바라보던 긴 목

길에서 길을 묻다

길은 많다
다만 갈 길을 찾지 못했다
갈라지고 이어진 수많은 미로
어디에도 나를 위한 이정표는 없다

저물도록 그 앞에 그냥 서 있었다

2부
詩中有畵 畵中有詩

송나라 시인 소식이 당나라 왕유의 시를 보고 평한 말이다. 2000년 후 영상으로 포착하고 극적인 시적 언술로 결합하는 디카시에 그대로 적용 가능한 명징한 정의가 아닐 수 없다.

디카시는 사진과 시를 결합하는 새로운 멀티 언어 예술이기 때문이다.

길찾기

동대문 평화시장
촌놈은 수시로 길을 잃는다

과연
서울스럽다

나이아가라

산 제물로 바쳐졌다는 추장의 딸
아찔한 전설은 오늘도 추락 중이다
폭포가 천둥소리로 울부짖는 까닭이다
흐느낌이 물보라로 피어오르는 까닭이다

뒤도 돌아보지 않고 무너지는 물굽이

낙타는 사막이 고향이다

할아버지의 할아버지
다시 그 할아버지의 할아버지 때부터
길 없는 사막을 걷고 또 걸어왔다
갈증과 등짐은 운명이다

그의 눈망울 속에 앉아 계신 하늘님

낙화

나도 언젠간 떠나야겠지

그땐 나도 저처럼
눈부신 모습으로
날아내렸으면 좋겠다

님의 침묵*

집주인이 먼 길을 떠났다
봉당은 비었고 빗장은 완고하다

초가지붕 이엉 사이로
간간히 백담사 독경소리 들렸을뿐
님은 여지껏 말이 없다

*   만해 한용운 생가에서.

달팽이

지나온 길이 저만치 어룽거립니다
그래도 이만큼 오는 동안
허리 한 번 펴지 않았습니다

모두가 걸어온 거리를 말할 때
난 지고 가야 할 무게만 생각했습니다

담장

저 틈이 없었으면
그냥 벽이다

아무리 견고해도
숨 쉴 수 있는
틈새는 있다

대관령 양떼 목장

마당의 수도가 얼어 터졌다
마른 풀잎마다 영롱한 얼음꽃
선자령에 불어대는 칼바람 속
착한 눈망울의 양 떼들이 궁금하다

봄은 아직 아득히 먼데

도토리 한 알

떨어지지 않는 열매는 없다
날개가 없기에
재빨리 구르는 법을 배웠다

모든 열매가 둥근 까닭이다
다 이유가 있다

동심

이런 웃음을 지을 수 없다면
그는 분명
어른이 맞다

두물머리

1820년 다산은 이곳을 출발하여
내가 사는 춘천으로 배 저어갔다

목민심서를 남긴 그는 가고 없다
남길 것이 없는 난 빈손으로 서있다
합류한 세월이 고목에 걸터앉아 쉰다

랍초사마애불*

귀한 말씀 듣고자 먼길 왔습니다

지금 주머니 속에 무엇이 들었는가
먼지뿐입니다
빙그레 웃는 마애불 머리 위로
구름 한 자락 허공에 휘리릭 날린다

* 중국 무산 수렴동에 있는 세계에서 가장 큰 마애부조 대불상(559년)

먹태

이제는 바삭바삭한 마른안주

삼켜도 이빨 틈새에
몸뚱이가 자꾸 끼는 것은
다 못한 이야기가
여전히 남아있다는 신호

멍석

둘둘 말아 묶어놓은 눅눅한 세월
햇살 좋은 날
봉당 아래 펼쳐 말리고 싶다

어쩌랴 팍팍한 우리네 삶
멍석 깔 마당 한 뼘이 없구나

모의

여보게들 사하촌 주막거리에
반반한 주모 하나 새로 왔다더군

행자야
큰 스님께서 침소에 드셨나
얼른 엿보고 오너라

묵언수행

비우라 한다
버리라 한다
그래서 비우고 버렸다

더 많은 이야기가 담겨있을
당신의 뒷모습

물개

하늘 별이
빙하 되어 둥둥 떠다니는 곳
그 먼 북극으로 어서 가자

세상살이에 찌든 몸뚱이 씻어내고
친구들아 줄 지어 고향 가자

미륵

다가오고 계신건가요
멀어지고 계신건가요
기왕이면
오시는 중이면 좋겠습니다

수리수리마하수리

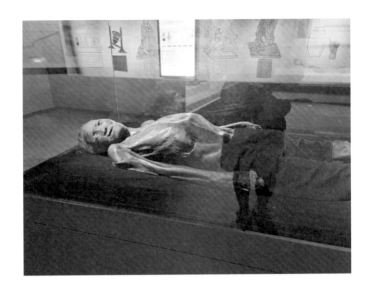

미이라*

소매를 붙잡는 인연도 없었건만
발길을 가로막는 미련도 없었건만

죽어서도 누리지 못하는 영면
구경거리로 지내는 혼백이 가엽다

* 실크로드 투루판 박물관에서.

바다로 간 길

가야산 흘림길 따라온 염불소리
내포에 닿아 바다로 이어진다

인간사 숱한 번뇌
저기가 입구인가 출구인가
길은 어디로도 향한다

바람

우리네 삶도
가끔은 저들처럼
가볍고 자유로웠으면

딱 한번쯤 머얼~리
훨훨 날아보게

방주

뱃머리 부딪치는 세찬 파도
포말로 흩어져 구름으로 피어난다
오늘도 망망대해
육지 찾아 떠난 새는 기별이 없다

노아 곁에 다가가 두 손 모은다

백룡퇴 白龍堆＊

저 너머는 어디로 맞닿은 길일까
신발 끈 동이며 먼 앞길 바라보니
먼저 능선을 넘어가는 마른 바람

서역과 황천이 저 끝에 나란하다
왕유가 건네는 이별주에 목이 메인다

＊　실크로드의 천산남로 관문인 양관. '백룡퇴'는 죽음의 길이라는 뜻.

별주부전

소뿔도 녹아내린다는 삼복 더위에
무거운 등딱지 걸치고
어디로 그리 급한 발걸음이시요

병든 용왕의 간절한 부탁
토끼 간을 아직 못 구했다오

3부

色卽是空 空卽是色

　'있다'와 '없다'는 단순히 사물의 유무가 아니라 대상을 인지하고 접근하는 태도와 자세에 달려있다고 본다.

　디카시는 사유의 힘이 없이는 성립하기 어렵다. 이는 대상과 사물에 대한 예리하지만 따뜻한 시선을 가질 때 얻어지는 정서적 산물이다.

봄날은 간다

겨우내 잔가지에 쌓인 눈
꽃송이로 피어나 하늘에 번진다
봄바람 일렁일 때마다 흩날리는
눈송이 닮은 구름송이

베르테르에게 편지를 써야겠다

봄내음

소녀의 젖가슴을 스쳐
호수에 살포시 내려앉는 봄
둑방 위엔 흐드러진 유두빛 벚꽃사태

눈으로도 만져지는
춘천의 촉감

부모님 전상서

그립습니다
진정 그립습니다
미안합니다
정말 미안합니다

빛바랜 사진 한 장 놓고 통곡합니다

부석사 무량수전

배흘림 기둥 위
깍지 낀 이음새 떠받들고
주포로 지탱해 온 천년 세월

선자연 서까래가 날개를 펼치면
두둥실 날아오르는 팔짝지붕

붉은 악마

2006년 6월
우리 모두 길거리에 나앉아
악마가 되어 갔다.

손바닥에서 튀던 불꽃
단군 이래 하나 된 그 때

빈 집

굳게 닫혔습니다
주인의 발길도 끊긴 지 오랩니다
찾는 이 없어 넝쿨만 무성합니다
여닫던 철문도 가만히 녹슬어 갑니다

대문도 이젠 견고한 벽입니다

사노라면

푸르던 시절
기억이나 날까

돌이켜 보면
그때가
더 매웠다

사랑*

풍경도 액자 속에 들면
한 폭의 그림

나도 누군가의 품에 안겨
그만을 위한
그림 한 폭이고 싶다

* 울산시민신문, '좋은 디카시' 선정, 2023. 2. 8.

사진찍기

오빠
저 아찌 디카로 우릴 찍는거야?
꽃을 찍는거야?

몰라
일단 김~치해

삶에 대한 최종 보고서

프라하 바츨라프 광장의 봄 햇살
블타바강을 건너 사하라 사막을 돌아
풍물시장 5일장 좌판에 널린다

삶은 도떼기 시장이다
마수걸이거나 떨이 신세

생존방식

살아가는 특별한 묘수는 없다
먹잇감이 걸려들 때까지
긴 침묵과 기다림

은밀하고도 치명적인
포식자의 부동 不動

섬

가라앉지 않고 서 있기에
섬이라 부른다

내 비록 외줄 타는 어름사니로
세상에 위태로이 매달려 살지만
늘 의연하게 떠 있는 섬이고 싶다

세상 밖 편지

생을 다하고 누웠지만
가끔은 나를 빼닮은 모습으로
불쑥 네 앞에 나타나고 싶어

잘 지내지?
여기도 그럭저럭 지낼만해

세이레

첫 만남
이토록 숨막히는 접촉은 없었다
여린 손끝의 떨림이
나의 심장을 멈춘다

할아버지가 되었다

시월의 백양리

눈부신 가을 햇살 등에 태우고
초원을 내닫는 백마들
바람보다 빠르다

거침없는
계절의 질주

시인

모두가 주린 배를 채우려
모이줍기에 여념이 없을 때

홀로 우두커니 서서
먼 곳을 바라보고 있는
너

시지포스

오늘도 산 위로 바위를 밀어올렸다
밤사이 다시 굴러 내려왔다

날마다 반복되는 무거운 형벌
영원히 목울대에 걸려있는
제우스의 노여움

신화창조

간밤에 여의주를 물고
하늘로 비상하는 검은 용을 보았다

비바람 천둥 번개가
밤새도록 하늘을 찢어 놓았다
전설과 신화가 소나기로 퍼부었다

실락원

상채기는 아물어도
고통은 오래 가슴을 할퀴어 댄다

2022년 10월 29일 밤
스러진 청춘이 가엽다
이태원, 참 아픈 이름이다

안목항에서

영원히 변치 말자던 다짐
자물쇠로 단단히 잠궈 놓고
열쇠는 먼 바다에 던지고 떠났다

해마다 숱한 맹세는 더해지는데
그대들의 약속 오늘도 안녕하신지?

암하노불

물소리 풀벌레소리 새소리
넉넉히 누리며 살아왔다

표정도 거추장스러워
내려놓고 보니
이토록 마음이 한가로운 것을

어느 노부부의 이야기

여보 우수도 지났으니 곧 경칩이구려
우리 이승의 인연도 다한 듯하오
이 세상에 다시 오게 된다면
우리 또 만납시다

그녀는 아무런 말이 없었다

오대산 천년 숲길

천년 세월 하늘을 떠받들고 살았으니
이젠 모든 것 내려놓아요
두 발 길게 뻗고
계곡의 물소리 들으며 쉬어요

서 있던 시간만큼

와불

침묵도 말씀이다
낮추라
비우라

참으로
과묵한 가르침

4부

길에서 길을 묻다

길은 어디에나 있었다. 그러나 사람들은 길이 없다고 한다. 길에 나서야 길을 찾고 길을 묻게 된다. 길은 내 앞에 절로 열리는 것이 아니라 스스로 만들어가는 돌파구다. 그래도 앞 길이 보이지 않거나 막막하고 어두우면 스스로 정서의 심지를 돋우어 불을 당기면 된다.

우물

하늘이 풍덩 빠졌다
구름도 둥둥 떠 다닌다
두레박을 던져라
물동이 철철 넘치게 길어 올려라

온종일 퍼 담아도 끝 모를 그리움

원죄

너의 꼬드김에 넘어가
에덴동산에서 쫓겨난 것도 애통한데
독 품고 날 노려보다니
적반하장도 유분수다

참으로 호감이 가지 않는 너

위험한 침묵

적막과 고요로 은폐한
치명적인 살의
죽음의 덫은
투명하고 느닷없다

쉿

윤슬

명랑한 종소리 내며
여울목에 반짝이는 보석들

이게 웬 횡재냐
욕심껏 한 바가지 퍼 올려보니
그냥 맹물만 찰랑찰랑

윤회*

이제, 다시 돌로 돌아갈 시간
가피 입어 나한으로 살았으니
속세의 인연도 과분하다

벙긋한 미소
구름되어 번진다

* 〈영월 창령사 나한상〉, 국립춘천박물관.

이심전심

섞인다는 것은
날 기꺼이 내려놓고
널 내 안에 들이는거지

비로소 태어난
세상에 둘도 없는 색

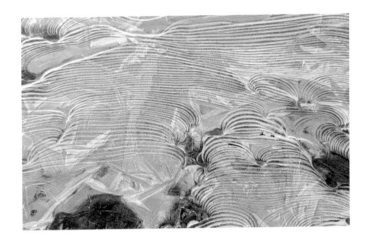

인생

물처럼 살아도
피할 수 없는 세월의 잔주름
나이테 하나 더 생길 때마다
어룽대며 서리는 깊은 한숨

속울음 삼키다 사레든 황혼 녁

인형의 집

머리를 노랗게 염색한 딸
백발의 엄마가 다정히 길을 간다
난 딸을 나처럼 키우지 않을꺼야
난 엄마처럼 살지 않을꺼야

다짐은 늘 뫼비우스 띠 위에 있다

자존감

심연한 하늘과 바다
저 서늘한 푸르름 앞에
주눅 들지 않는 보색 대비
아득한 수평을 가르며
솟구친 수직의 기운

작별인사

이승을 하직하며
마지막 혼신의 힘을 다해
찍어 놓고 간
누군가의 절절한
손도장

장대비

뼈도 없는 것이
어쩜 저리도 자세가 꼿꼿할까

거침없이 수직으로 내려꽂히는
눈부신
알몸

절규

오슬로 근교 야브로바이엔 도로
선홍빛 석양도 이젠 어둠에 잠겼다

먼 길 오느라 지치고 고단한 뭉크
처연히 찬비 맞으며 내 앞에 서 있다
목이 몹시도 말라 보인다

점순이 마음

흰 저고리 노란 댕기
꾸밈없이도 곱디 고운 열여덟 순정

느닷없는 춘설에도
동백 내음 실레마을에 그득
서늘하지만 알싸한 봄빛

정년퇴임

날마다 내 목을 조이며
권한과 직책의 이랑 사이로
끌고 다니던 목 뚜레

이제야 풀어
버린다

즐거운 예술 세계

조각상 설치를 놓고 찬반이 분분하다
도심 한복판에 건달상이 왠말인가
예술적 표현의 자유는 존중되어야 한다

이 앞을 지날 때마다 나는
수미산 간다르바의 헌화가를 떠올린다

참회록

할 말이야 한도 끝도 없지만
실타래처럼 엉킨 사연
그냥 동그랗게 말아서 품고 살았다

누에가 실을 뽑아
제 몸을 둥글게 휘감고 살 듯

철 지난 바다

빈 발자국만 어지러운 백사장

시리도록 푸른 물빛을
바다는
뒤늦게 찾아온 사람들에게
한웅큼씩 나눠주었다

첫눈

간밤에 첫눈이
기습적으로 내렸다

숫눈밭으로
나뭇가지 그림자 길게 걸어간다
발자국마다 촘촘히 담기는 아침 햇살

청개구리

엇나가고 엇먹는 것이
널 닮았다고 조롱할 때마다
얼마나 억울하고 속상하랴

이솝을 원망해도 소용이 없는
뒷꿈치 꾸덕살로 박혀버린 누명

청라언덕

달구벌은 골목 안에 들어 있다
모든 골목은 이 언덕으로 향한다

청라靑蘿에 모여서
박태준의 동무생각을 부르면
첨탑 끝으로 푸른 하늘이 내린다

초승달

저기가 이 어둠의
출구일까 입구일까

적멸의 신호가 보인다
환생의 신호가 들린다

틈새 하나도 예사롭지 않은 하늘

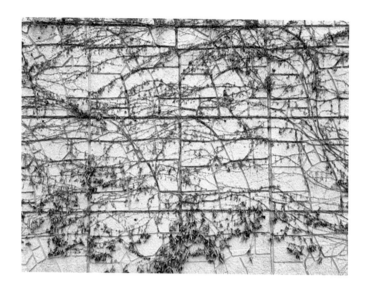

촌놈*

출발 지점과 도착 지점
그 사이를 이어주는 숱한 환승역들

몇 번을 확인해도 헷갈리는
서울지하철 노선도
요놈의 땅 속 길

* 울산시민신문, '좋은 디카시' 선정, 2023. 7. 11.

추일서정

해마다 이맘때면
그녀들은
알몸으로 내게 달려온다

아프리카 여인의
몸빛

춘천은 벌써 봄이다

봄은 아장아장
고운 길로만 오는 건 아니더라

하늘에서 살포시 나리더라
호수 위 물안개로 피어 오르더라
강둑에서 스멀스멀 기어 나오더라

5부

그물에 걸리지 않는 바람처럼

인생칠십고래희(人生七十古來稀). 자주 듣기는 했어도 내겐 아득한 훗날의 일이라 생각하며 살았다. 성장을 멈추는 순간 사람은 늙기 시작한다는 말을 신봉한다. 마음이 하자는 대로 좇지 말고 몸이 따르는 만큼 하겠다고 다짐한다. 글도 억지를 부리지 말고 유연했으면 좋겠다.

출생의 비밀

어릴 적에 할머니는 나만 보면
넌 다리 밑에서 주워왔다고 했다

내가 버려졌다는 다리 아래로
세월은 가뭇없이 흘러갔다

오늘 가보니 거기 할머니가 웃고 계셨다

칼레의 시민

무고한 시민의 희생은 막아야 한다
자진하여 형장으로 향하던 여섯 의인들
결의는 날선 바위 같아도
천근만근 무거운 발걸음

두렵지 않은 죽음은 없다

탄로가 ^{嘆老歌}

나이가 들면 어쩔 수 없다

벗겨내고 벗겨내도
몸과 마음에 자꾸만 생기는
주름살
굳은살

탈모

머리를 감을 때마다
머리카락이 한 줌씩 빠진다

한때 보리밭 일렁이듯 넘실거렸지만
한 올 한 올이 착참한 나이다
성긴 머리칼 사이 세월의 냉한 기운

태양초

발가숭이로 들어누워
가을볕 흠씬 품다

가루가 되어서도
잃지 않는
햇살의 맛과 빛깔

터널

어둠이 빛을 끌고 온다
빛이 어둠을 밀어낸다

밝음과 어둠이
한치 양보없이 밀고 당기는
통로

트라우마

빈집인지 알면서도
겁난다

한번 쏘여본 사람은 안다

팔자소관

누군 타고 간다
누군 끌고 간다

저 시대에 살았다면
난 어느 자리였을까

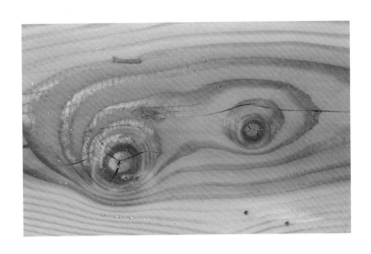

폐쇄회로 TV

언제
어디에서나
난 너를
지·켜·보·고·있·다

포터

힘들지 않느냐 물어보았다
누런 이빨로 답하는 미소
질문이 어리석었다

고단이 일상인 삶
히말라야를 등에 업고 걷는다

폭우

거리의 표정마저
빗물에 씻겨 내리는
80년 만의 물난리

빨간 신호등 하늘 향해 소리친다
'그만 멈춰!'

표정

하늘이 땅으로 내린다
땅은 하늘로 솟아오른다
그 사이 나는 자작나무로 서 있다

지금 여기는
천지인 삼재三才가 모였다

풍물시장에서

소한에 열린 5일장 이른 아침
한 뼘 볕뉘로 추위 녹여가며
좌판 앞에 앉아 계신 어머니

당신의 버거운 마수걸이가
우리를 키우셨습니다

하늘 밥상

밤새 한 상 소담스럽게
차려 놓고 가셨다

문소리도 없이
발자국도 남기지 않고
슬그머니 다녀가신 님

하늘 잠기다

하늘이 연못에 내려 앉았다
한여름 장대비에 젖을세라
연잎은 우산을 펼친다

뭉게구름
연꽃으로 피어 오른다

해빙 解氷

우수 지난 북한강
겨울과 봄의 치열한 자리 다툼
물결과 빙판이 대치한
삼엄한 저 경계

계절은 순순히 오가는 것이 아니다

헤어질 결심

포르투갈 리스본 항구 어둑한 선술집
아말리아 로드리게스의 파두(Fado)
'검은 돛대'가 흘러나온다

이토록 매몰차고 단호한
이별의 통보는 없었다

호기심

대청마루로 살금살금 기어올라
킬킬킬
초야의 신방을 훔쳐보는 아낙들

밤하늘 어둠 속이 궁금해졌다
구멍을 뚫어 들여다 본다

혼밥

밥 한 덩어리
멀건 국물에 만다

홀로 식탁에 앉아
밥 먹는 날이 빈번하다

아무리 먹어도 마음은 고프다

화천

전우와 함께 걷던 길
면회 온 그녀와 손잡고 걷던 거리
이십 대의 청춘의 시계가
잠시 멈추었던 최전방

계급과 군복 속 의무

황금소로

뭐든지 손에 스치기만 하면
황금으로 변한다는 미다스의 손

간 밤에 그가 다녀갔나 보다
밤새 소쩍새가 울었던 이유
이제 알겠다

황태

진부령 칼바람 속
얼었다 녹았다 다시 얼었다 녹았다
두 눈 부릅뜬 명태가 겨울을 버틴다

해마다 용대리 덕장에는
오호츠크 해협이 매달려 있다

흔적

뜯겨 나간 벽채
주저앉은 지붕
쉼과 삶이 무너져 내린 둥지

휑하니 열린 문 앞에서
괜히 기웃거리는 바람 한 줄기

흙에 살리라

그저 감사한 일입니다
오늘도 소풍 온 듯 잘 놀았습니다

내일 아침에도 침대에서
거뜬히 눈을 뜰 수 있다면
더 바랄 것이 없겠습니다

축하의 글

마르지 않는 잉크처럼
써내려가는 인생의 시

김금분 (시인, 김유정기념사업회 이사장)

무한히 뛰면 뛸수록 그에게는 공간이 점점 늘어가고 있다.

대충 보내는 일이 없으니 그의 촉수에 걸리면 노래, 그림, 시, 공부, 운동….

무한 확장으로 포획당한다.

사람은 자기가 한 일보다는 하지 않은 일에 대한 후회가 더 크다고들 한다. 입증하듯이 참 열심히도 산다. 타고난 건강 체질에 부지런한 성격까지, 갖춘 것도 어지간히 많다.

영화배우와 비교하는 버릇이 있는 나는 그를 처음 보았을 때 장국영! 을 떠올렸다. 잘 생겼잖은가.

사회적 관계를 통해 조우하게 된 인연으로 즐거운 추억 몇 가지가 있다.

춘천의 대표적 축제인 '개나리문화제' 이후에는 '소양강문화제'로 이어져 오면서 다양한 행사들이 치러졌다. 내가 소속된 여성단체 '예림회'에서는 「소양강처녀 선발대회」를 자체 사업으로 발굴하여 공지천 고수부지에 야외무대를 열었다. 미인대회의 부정적 요소를 배제하고, 한복맵시와 교양, 매너 등이 주 채점 요소였다. 20세기 후반 즈음에는 그 가치관이 각광을 받았다. 쟁쟁한 후보자들의 지원서가 아직도 내 서류 보퉁이에 켜켜이 보관되어 있으니, 격세지감을 느낄밖에.

춘천의 소양강처녀들이 무대에 오를 때마다 적절한 소개와 멘트를 하는 사회자가 필요했으니, 그때 무대를 들었다 놓았다 한 사회자가 바로 조주현 선생님이었다. 공동 사회자로 나도 옆에 서 있었지만, 그의 재치 있는 말솜씨와 멘트 구사는 가히 일품이었다.

그 대회는 4회 정도에서 끝이 났고 지금 돌아보면 당시 소양강처녀들은 물론이고 우리 또한 젊음의 기세가 한창일 때였다. 소박한 지역 잔치에 열정과 아이디어를 쏟아부었던 우리의 홍興도 만만치는 않았던 시절이다.

1992년 12월 서설이 펑펑 내리는 저녁, 내 첫 시집 출판기념회 사회도 조 선생님께서 흔쾌히 맡아주셨다. 지금도 미인이시지만 세련된 김미정 사모님이 함께 자리해 주셔서 더욱 빛이 났던 기억이 새롭다. 첫눈이 그리 퍼붓는 줄도 모르고 행사를 마치고 나니, 온 세상이 하얗다 못해 백설기 떡시루 판 같았다. 모두를 주인공으로 돋보이게 만든 연금술사의 사회 덕분에 무척 들뜬 마음으로들 공지천 포장마차촌으로 내달렸다. 그날의 참새구이는 아무도 잊지 못하고 있을 것이라는 생각이 든다. 행사장에서 헤어진 사회자 내외분은 두 분이서 그 저녁 폭설의 정경을 어떻게 지내셨을지.

그 후 나는 다섯 권의 시집을 냈고, 조주현 선생님은 이렇게 멋진 첫 디카시집을 내는 세월이 흘렀다.

삼천동 MBC 방송국에서 3분 칼럼이라는 라디오 방송을 꽤 여러 해 하고 있었다. 시사성 있는 내용으로 57분부터 정각까지 3분 분량으로 녹음방송이 되었는데, 그 바톤을 조 선생님께서 넘

겨받으셨다. 내가 본 세상보다 훨씬 더 스케일 넓고 정확한 진단으로 전파를 타신 것으로 기억난다. 1980년대 후반부터 1990년대 초반까지 방송일로도 이어진 인연이기에 노년의 눈가에 깊은 주름도 서로 막역하다고 본다.

실력 있는 국어 교사로서 사회적 활동에도 무관치 않았던 낌새가 그때부터도 남다르지 않았던가.

그 후 강원도의회 교육위원으로 일할 무렵 강원도 교육청 장학관으로 만나게 되어 의원 초짜인 나에게 여러 가르침도 주었다. 든든한 마음으로 의지하고 있었는데 휘리릭 학교 현장으로 멀리 발령이 나버려서 서운하기 짝이 없이 또 세월이 흘렀다.

그 후 내가 김유정문학촌장으로 있을 때 여전히 멋진 사나이 조주현 선생님이 방문하신 적이 있다.

퇴직 후 '바람소리' 멤버를 구성하였고, 문학촌 야외무대 공연을 하고자 하는 계획까지 펼쳐 놓으시는 것이다. 자원봉사를 자처하시는 선생님께 오히려 고마운 마음으로 서로 뜻이 통했다.

중년의 추억과 한 시절을 풍미했던 가요, 팝송, 포크송, 동요에까지 장르를 넘나드는 무대에 단골 관객이 생길 정도로 주말마다 큰 인기를 구가하였다.

김유정 선생님의 생가에 그야말로 유쾌한 생기를 불어넣은 장본인인 셈이다. 무대에 오른 멤버들의 멋스러운 매너와 동년배들에게 불러일으키는 향수 등 인기 요인들은 점점 늘어만 갔다. 지금은 전국적 연주단으로 명성이 치솟고 있으니, 그동안의 피나는 노력은 노래 속에 다 담겨 있으리라.

틈틈이 어반스케치에 몰두하여 강 건너 애니메이션 박물관 웹툰 갤러리에서 전시회도 열고, 페이스북을 통해 그때마다 작은 전시회처럼 한 점씩 선보이기도 한다.

그런 그가 또 놀라운 일을 해냈다.

이번에는 디카시인으로 당당히 시집을 상재한 것이다.

언제나 자신을 열어두고, 스스로에게 자신을 탁 내맡기고 있는 사람이 거둔 값진 수확물이다. 주저하지 않고 입문한 시 세계가 그에게는 어떤 의미일까.

사진이라는 물상과 그 기호를 형상으로 느끼게 하는 문학의 매력에 빠진 게 틀림없다 .

디카시는 롤랑 바르트가 말했듯이 사실주의 효과를 자아내는 장르가 아닐까 싶다. 문학의 모든 언어는 경제성을 지향한다고 할 때 디카시만 한 압축성을 견지하기도 쉽지 않을 터이다. 대상에 집착하지 않되 그 정수를 집어내는 작업에 들어선 그에게 박수를 보낸다. 안목은 교육과 비례한다고 볼 때 국어 전공자로서 언어 용량 또한 무척 크다고 믿어진다.

글은 언제나 첫 발자국이다.

새로운 존재로서 시인으로 다시 태어난 조주현 엔터테이너!

고이지 않고 흐르는 물이 시인의 숙명이라면 공간에 대한 인식을 넓히면서 무한히 뛰어나갈 맹렬함, 살아있음의 증표를 우리에게 계속 보여주시리라.

그가 갖고 있는 모든 재능과 열정, 성실, 해내고야 마는 투지도 멋지다. 가장 큰 라이벌은 자신밖에 없으니, 가슴을 통한 절창들이 쏟아져 나올 것을 확신한다.

모든 예술 장르를 섭렵하고, 이제 시인으로 신고하는 2024년!

가끔 침잠의 시간속에서 마르지 않는 잉크병을 열고, 값진 언어의 시 한 줄 불쑥 계속 내밀어주시기를 바라며, 축하의 손을 들고 있다.

서평

일상에서 찾는 통찰
그리고 애정

장승진 (시인, 디카시춘천문학동인회장)

1. 시인의 눈길

"시인으로 살고 싶은 마음은 별로 없지만
시인의 눈길만큼은 간직하고 싶다"

-「작가노트」중에서

사실 이 고백을 읽고 많은 생각이 들고 났다. 시인은 어떤 사람
이며 또 '시인의 눈길'은 무엇일까? 이 말을 놓고 서로 이야기하
자면 끝없이 이어질 가능성도 있겠지만 나 자신 이 말에 대해 선
뜻 꺼내놓을 말이 없다. 전적인 동의도 부인도 어렵다. 나는 과
연 시인으로 잘 살고 있을까 혹은 나는 시인의 눈길을 가지고 있
을까라는 반성적 질문이 먼저 떠올라서이다. 나는 '눈여겨 보다'
라는 말을 좋아한다. 주의 깊게 잘 살펴보는 것, 눈으로만 보지
않고 마음을 얹어 능동적으로 통시적으로 보고자 할 때 새로운

안목이 생겨난다고 생각한다. 시가 탄생하는 지점이다. 세상에 의미 없이 존재하는 것은 없다는 발견, 그리고 드러나지 않은 그 것들을 찾아다니는 발길과 눈길, 얻은 것들을 매만지는 손길을 통해 가슴 뛰는 경험을 한다면 이보다 더 좋은 일이 있을까?

2. 디카시의 특성

디카시는 "디지털(Digital)과 시(Poetry)"의 합성어로, 디지털 카메라로 촬영한 사진과 짧은 시(詩)를 결합해 하나의 예술 작품으로 표현하는 새로운 형태의 문학이다. 사진이 담고 있는 이미지가 주는 시각적 감성과 시가 담고 있는 언어적 감성을 융합하여, 마치 하나의 장면 속에서 이야기가 살아 숨 쉬듯 독자에게 깊은 인상을 남긴다.

디카시는 스마트폰(디지털 카메라)을 이용해 자연이나 사물에서 시적 감흥을 순간 포착하고 그 영상과 함께 짧은 시적 문장으로 표현하여 SNS 등으로 실시간 쌍방향 소통하는 하는 것을 지향한다. 문자언어를 넘어 영상기호와 문자기호, 즉 멀티언어로 표현하는 시다. 문자언어라는 시의 카테고리를 넘어 영상과 문자로 텍스트화 하는 것이기 때문에 일반 문자시의 개념과는 다르다 하겠다. 많은 디카시 입문자들이 착각하기 쉬운 오류가 있는데 멋진 사진을 먼저 찍어놓고 그 사진에 알맞은 시어를 찾아내려고 하는 것이다. 즉, 기존 잡지 등에서 많이 소개되었던 '포토포엠'(photo poem)이나 '시가 있는 풍경'에서 처럼 서로 감성이 통하는 시와 사진을 함께 짝지어 놓은 것으로 알고 있는 고정관념에서 벗어나지 못하고 사진을 자꾸 설명하려 한다는 것이다. 디카시는 시인이 자연이나 사물에서 시적 감흥을 느낄 때 그것을 디카로 찍고 쓰는 것이어야 한다. 다시 말하면 시인이 자연이나 사물에서 시적 감흥을 찍고 그것을 문자로 표현하는 것이지 사진 이미지에서 감흥을 느껴 쓰는 것이 아니다.

또한 디카시는 실시간으로 소통하는 디지털 시대의 새로운 문학 장르로 영상과 문자를 하나의 텍스트로 결합한 멀티 언어 예술이기에 SNS 등을 이용한 소통이 자유롭고 파급력이 강하다. 아이들부터 어른에 이르기까지 모두가 쉽게 동참할 수 있는 창작 환경도 장점이다. 김종회 교수의 평에 따르면 디지털카메라와 짧은 시문의 발상을 통해, 순간 포착, 순간 언술, 순간 소통의 극 순간 예술이라고 할 수 있다.

디카시의 발원은 2004년 4월 경남 고성에서 '디카시'라는 용어로 인터넷 서재에 연재를 시작한 이상옥 교수이다. 이후 디카시는 전국으로 퍼져나갔고 2016년에는 국립국어원 우리말샘에 등재되었고, 2018년에는 검정중고등학교 국어교과서에도 디카시가 수록되었다. 20년이 지난 지금은 최고 수준의 스마트폰 생산 기술과 한글의 우수성에 힘입어 전 세계로 수출되는 한국의 토종 문학 장르로 자리잡아가고 있는 것이다. 디카시는 생활문학으로서 공감과 감동, 재치와 유머, 평범하면서도 예사롭지 않은 통찰이 살아 있어야 하며 해독이 어렵지 않고 독자와 소통하는 시적 예술을 지향하고 있다. 시어는 5행 이내로 제한하는 것이 좋으나 한두 행으로도 충분하다.

3. 조주현의 시인되기

조주현 시인은 고등학교에서 주로 근무한 국어교사 출신으로 학생들에게 문학을 평생 가르쳐 왔을 뿐만 아니라 유려하고 힘

있는 신문 칼럼을 쓰기도 하는 등 글쓰기를 병행해 온 이력이 있다. 그간 어반스케치 작가나 시니어 통기타 보컬 팀 리더로 활동하느라 바쁜 틈에도 꾸준히 많은 디카시를 써왔고 SNS로 공유하며 자신감을 쌓아온 결실이 드디어 이 시집의 탄생으로 이어져 기쁘다.

2020년 11월 국립춘천박물관에서 춘천문인협회가 주최한 〈춘천문학의 재인식〉 제하의 문학포럼이 열렸다. "제4차 산업혁명과 새로운 글쓰기"란 제목의 강연이 끝나고 쉬는 시간에 조주현 선배가 다가와 말을 걸었던 기억이 새롭다. '디카시'가 아직 강원도에 잘 알려지지 않아 아쉽다고 말했는데 본인은 굉장히 매력을 느낀다고. "아쉽다고 하지 말고 우리가 한 번 시작해 보면 어떨까?" 이 전격적인 발의에 힘입어 의기투합한 결과 2021년에 〈디카시 춘천〉 동인이 결성되었다. 그리고 춘천문화재단의 지원 사업 공모에 참가하여 초청 강연과 자체연수, 창작 실습 등을 열심히 해왔다. 모두가 함께한 노력이기에 힘도 덜 들고 신이 났다. 그 중에서도 자타공인 우리 동인 중 가장 열심히 작품을 쓰고 발표해온 분이 조주현 동인이었다. 그래도 그동안 남모르게 속을 끓이며 시를 붙잡고 씨름해온 그이기에 이 시집이 주는 느낌은 남다를 것이다.

시를 강의하는 것과 시를 쓰는 것은 확연히 다른 세계이다. 시의 이론을 잘 알기에 더 높이 다가오는 벽을 실감했을 것이다. 남보기에 별 것 아닌 낱말 하나를 찾아내느라 머리에 쥐가 나고 이 시에 맞는 제목을 두고 몇 날 밤낮을 고민해 본 사람만이 넘어설 수 있는 시의 문지방을 마침내 넘어서고서도, 언감생심 시집을 내야하나 포기해야하나 수도 없이 고민했을 첫 시집이라 그 용기에 더 큰 박수를 보낸다.

4. 조주현 디카시의 특징

시집『눈:길』의 시들은 총 5부로 구성되어 있는데 각 부마다 24편의 시들이 배치되어 총 120편의 시들이 실려 있다. 모든 시를 가나다순으로 줄 세워 각 부로 나눈 특별한 이유는 없어 보이지만 그 각 부의 소제목과 간단한 해설(주석)이 시인의 시적 태도와 시론(철학)을 요약적으로 보여준다. 1부. 視而不見 聽而不聞 마음에 있지 아니하면 제대로 보고 들을 수 없다 2부. 詩中有畵 畵中有詩 디카시에 그대로 적용 가능한 명징한 정의 3부. 色卽是空 空卽是色 디카시는 사유의 힘이 없이는 성립하기 어렵다 4부. 길에서 길을 묻다 길은 내 앞에 절로 열리는 것이 아니라 스스로 닦고 만들어가는 돌파구다 5부. 그물에 걸리지 않는 바람처럼 글도 억지를 부리지 말고 유연했으면 좋겠다

조주현 시인은 특히 짧고도 함축적인 언어를 통해 사진이 전달하는 감성적 무게를 더하고, 그 순간을 보는 이가 새롭게 느낄 수 있도록 안내한다. 이러한 작품은 독자에게 신선한 충격과 함께 삶에 대한 깊은 성찰을 불러일으킨다. 시인이 보여주는 감각적 표현과 언어적 깊이는 디카시 장르의 매력을 극대화하며, 일상의 아름다움을 새롭게 조명한다.

시인은 일상과 자연 속에서 느끼는 감정과 통찰을 함축적 언어로 풀어내고 있는데 그의 디카시에서 발견되는 특징을 다음과 같이 몇 가지 카테고리로 요약해 볼 수 있겠다.

짧고 강렬한 표현: 시인의 디카시는 간결한 문장 속에 강한 인상을 남긴다. 짧은 글이지만 독자에게는 여운과 함께 깊은 사색을 불러일으키는 효과를 느낄 수 있다.

얼굴은 겉 모습이다
표정은 속 모습이다
얼굴과 표정이 종종 엇갈린다

세상은 거대한
가장무도회

- 「가면」 전문

　이 시는 인간의 내면과 외면의 차이를 담고 있다. 얼굴과 표정을 통해 사람의 진짜 감정과 겉모습이 불일치할 수 있음을 드러내고, 이를 '가장무도회'로 표현하여 현대 사회의 이중성을 비판한다. 이는 독자에게 진실된 자신을 되돌아보게 만드는 메시지를 전달한다.

저기가 이 어둠의
출구일까 입구일까

적멸의 신호가 보인다
환생의 신호가 들린다

틈새 하나도 예사롭지 않은 하늘

- 「초승달」 전문

　이 시는 짧은 언어 속에 삶과 죽음, 시작과 끝, 희망과 불안의 양가적인 감정을 상징적으로 담아내고 있다. 적멸(죽음)과 환생

(생명)의 대조를 통해 초승달의 양면성을 드러내면서 동시에 초 승달을 바라보며 느끼는 존재론적 혼란을 내보인다. "출구일까 입구일까"라는 물음은 답을 강요하지 않으면서도 독자가 각자의 경험과 감정으로 해석하게 하여 자연스레 소통과 공감을 이끌어 내는 역할을 한다. 초승달의 틈새는 빛과 어둠의 경계라는 단순 한 자연현상이 아니라 보이는 것 이상의 세계를 향한 관문으로 그려지는데, 이는 간결하면서도 깊이 있는 성찰을 통해 일상의 순간을 초월적 사유로 연결하는 조주헌 디카시의 미학적 성취를 보여주는 대표적인 작품으로 생각된다.

사진적 감각: 자연, 풍경, 일상 속 사물에서 삶의 진리를 발견 해 표현하는 사진적 감각이 돋보인다. 이미지와 함께 표현되는 시어는 독자에게 생생한 장면을 떠올리게 한다.

머리를 노랗게 염색한 딸
백발의 엄마가 다정히 길을 간다
난 딸을 나처럼 키우지 않을꺼야
난 엄마처럼 살지 않을꺼야

다짐은 늘 뫼비우스 띠 위에 있다

- 「인형의 집」 전문

작품 속 "머리를 노랗게 염색한 딸"과 "백발의 엄마"는 색채와 세대 차이를 극명히 대비시키며 "다정히 길을 간다"라는 표현으 로 두 인물이 함께 걷는 동작을 카메라 렌즈로 포착한 장면을 연 상시킨다. 이는 디카시가 가진 순간의 포착이라는 특징과 잘 맞아 떨어진다. 딸과 엄마는 서로 다른 길을 걷겠다고 다짐하지만, "뫼비우스 띠"라는 상징을 통해 결국 비슷한 궤적을 따라갈 수밖에 없음을 암시하며 이는 세대 간의 모순과 삶의 반복성을 표현하고 있다. 한 가족의 이야기를 넘어 모든 세대가 겪는 공통된 경험으로 확장됨은 물론이다.

> 이승을 하직하며
> 마지막 혼신의 힘을 다해
> 찍어 놓고 간
> 누군가의 절절한
> 손도장
>
> 　　　　　　　　　　　- 「작별인사」 전문

시의 이미지는 마치 사진으로 남겨진 마지막 장면처럼 생생하다. 독자는 물 위에 뜬 붉은 단풍잎에서 '손도장'의 흔적이 선명히 찍혀 있는 장면을 상상하게 되며 이는 디카시의 사진적 감각과 정서적 표현의 최대치 융합을 체험하게 된다. 이승에서의 마지막 순간을 강렬하고 상징적으로 그려내면서 작별의 절박함과 애틋함을 고스란히 담아 독자들에게 깊은 공감과 여운을 남긴다.

인간의 보편적 감정을 담아냄: 사랑, 외로움, 그리움 등의 감정이 짧은 글 속에 잘 녹아 있어 독자가 공감할 수 있다.

> 눅눅해진 이불
> 마당에 내다 걸었다

오늘 밤엔

가을 햇살을 덮고

뽀송하게 잠들 수 있겠다

-「가을걷이」 전문

이 작품은 계절의 변화와 일상의 경험을 통해 모든 사람이 공감할 수 있는 감정을 환기시킨다. "눅눅해진 이불"이라는 구체적 이미지는 습한 여름이 지나고 가을이 찾아오는 계절적 변화를 나타내며 많은 이들이 경험하는 일상적 행위(이불 말리기)를 통해 누구나 경험했을 법한 기쁨과 안도감을 떠올리게 한다. 가을 햇살을 덮고 뽀송하게 잠들 수 있겠다"는 구절은 가을이 주는 온화함과 휴식을 상징하며 추운 계절을 앞두고 느끼는 안정과 소소한 행복을 보여준다.

포르투갈 리스본 항구 어둑한 선술집

아말리아 로드리게스의 파두(Fado)

검은 돛대'가 흘러나온다

이토록 매몰차고 단호한

이별의 통보는 없었다

-「헤어질 결심」 전문

나뭇가지에 매달린 선홍색 잎새 하나에서 리스본 항구 어둑한 선술집에서 흘러나오는 포루투갈의 한이 서린 민속음악 파두(Fado)의 '검은 돛대'를 끌어내고 "매몰차고 단호한 이별의 통보'를 상징하는 사고의 흐름이 압권이다. 배경 설정은 영화 속 한

158

장면처럼 구체적이지만 이별의 어두운 정서와 슬픈 운명이 배경 음악으로 깔려있다. 항구의 어둠과 선술집의 분위기, 그리고 '파 두'라는 음악적 요소가 결합되어 시각적·청각적 감각을 동시에 자극하면서 디카시의 멀티 언어적 특성을 잘 보여주고 있다. 단 호한 어조와 직설적인 표현으로 이별의 감정이 절정으로 끌어올 려지며 공감각적 이미지가 전체를 지배하는 수작이다.

사회적 메시지: 개인의 감정뿐 아니라 사회적, 철학적 메시지 를 담고 있어, 이러한 작품들은 우리 사회의 현실을 반영하고, 독 자에게 깊은 성찰을 유도한다.

밥 한 덩어리
멀건 국물에 만다

홀로 식탁에 앉아
밥 먹는 날이 빈번하다

아무리 먹어도 마음은 고프다

- 「혼밥」 전문

이 시는 현대인이 경험하는 고독과 정서적 공허함을 담담하지 만 강렬하게 묘사한 작품이다.
현대인의 고독을 단순히 묘사하는 것을 넘어 관계와 소통에 대 한 본능적 갈망을 드러내면서
간결한 언어 속 깊은 감정을 담아 독자에게 자신의 경험을 투 영할 여지를 준다.

언제

어디에서나

난 너를

지 · 켜 · 보 · 고 · 있 · 다

- 「폐쇄회로 TV」 전문

감시 사회의 두려움과 인간성의 상실을 암시하는 시이다. 단순한 문장 구조지만 CCTV가 지배하는 현대의 감시 문화를 날카롭게 꼬집으며, 개인의 자유가 점점 축소되고 기술 발전으로 인해 사생활이 위협받는 현대 사회의 문제를 드러낸다. 독자들에게 기술발전의 편리함과 인간 존엄성 사이의 윤리적 딜레마를 고민하게 한다. 디카시가 지닌 사회적 비판의 힘을 보여주는 작품이다.

5. 통찰과 애정

눈길 닿는 곳에 시가 있다. 모든 사물과 현상이 다 詩일진데 그것에 대해 남들보다 더 섬세한 눈길, 따사로운 눈길, 예리한 통찰을 더하고 싶었다는 조주현 시인은 세상의 사물과 현상속에 담겨 있는 시에 발길이 닿는 것이 중요하고 그에 대한 섬세한 눈길에서 오는 통찰이 디카시를 만드는 원동력이며, 아주 작고 하찮은 것에라도 애정을 담고 싶었다고 말한다. 일상적 경험에서 나오는 깊은 통찰과 따뜻한 애정을 포착하는 데 중점을 두는 그의 디카시는 전통적인 시의 문학적 특성과 디지털 이미지를 결합하여 텍스트와 이미지의 상호작용을 통해 새로운 의미를 창출한다. 이를 통해 단순히 정보를 전달하는 것이 아니라 독자에게 감각적이고 직관적인 경험과 감동을 제공하는 것이다.

　시인은 일상의 작은 순간들 속에서도 인간 존재에 대한 깊은 이해와 감정을 표현하며, 디지털 매체를 통해 이러한 감정들을 확장시켜 독자에게 강렬한 메시지를 전달하려 노력한다. 교육계에서의 오랜 경륜과 다양한 교류를 통한 풍부한 사회적 경험, 그리고 다재다능한 예술적 잠재력과 창의력이 그에게 화수분처럼 마르지 않는 컨텐츠가 될 것이다. 이 시집이 출발점이 되어 그의 작품이 더욱 창대해지고 우리가 일상에서 중요한 가치들을 되새길 수 있도록 돕는 역할을 해주길 기대한다. 디지털 시대의 디카시 시인으로 출발하는 조주현 시인이 속도와 기술을 넘어 사람다움과 사람냄새를 찾는 길을 갈 것을 믿는다. 그리고 소소한 일상에서 건져 올리는 깊은 통찰을 통해 독자들에게 중요한 시대적 가치와 의미를 전달하는 작품으로 사랑받게 되길 진심으로 소망한다.